GABRIELA SANTANA

MITOLOGÍA MEXICANA PARA NIÑOS

SÉLECTOR

Mitología mexicana para niños
D.R. © Gabriela Santana

© Jacobo y María Ángeles, imágenes de portada
© Panda Rojo. Diseño Integral, diseño de portada
© Alberto Flandes, ilustraciones interiores

SÉLECTOR

D.R. © Selector S.A. de C.V. 2019
Doctor Erazo 120, Col. Doctores,
C.P. 06720, México D.F.

ISBN: 978-607-453-610-2

Primera edición en este formato: febrero de 2019

Impreso en México
Printed in Mexico

Índice

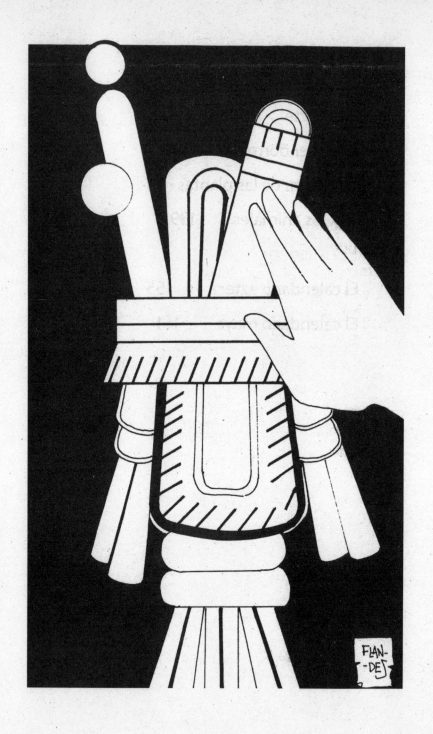

A la memoria de mi padre,

Rafael Santana,

"sólo un breve instante aquí".

Lo que hay detrás
del mito

Mucho se ha dicho que los mitos no son cuentos para dormir, sino historias para despertar conciencias.

Acercar la mitología a los niños es ponerlos en un camino de descubrimiento para que alcancen a percibir que todos somos parte de un universo en transformación y movimiento. Los mitos nos permiten comprender lo que sí es importante en nuestro propio camino como seres humanos; nos recuerdan el origen de las cosas y de los seres, así como nuestro compromiso de entregarnos a algo más grande que nosotros mismos.

En los mitos hay criaturas terribles y abrumadoras que deben ser dominadas; hay muerte, pero también elementos que nos inspiran para actuar y experimentar nuestro propio poder. Son historias que nos llevan a percibir que hay un orden y una sabiduría en la Naturaleza.

Es poco el tiempo que pasamos atentos a la vida, pero nuestros antepasados, con gran creatividad, están ahí para recordarnos que todo tiene una finalidad y una explicación.

¿Cómo nacieron los dioses?, ¿cómo nacieron los seres humanos?, ¿qué significan las plantas y los animales?, ¿por qué la noche encierra un tesoro y en la muerte hay esperanza?, son algunas de las preguntas que nos hemos planteado a lo largo de todos los tiempos, y la mitología mexicana es una aventura que nos sumerge en un asombroso mundo totalmente poblado de seres que significan más de lo que a primera vista detectamos.

Se trata de historias que nacieron hace muchísimos años, y que continúan diciéndonos palabras secretas al oído.

MITOS DE LA CREACIÓN

En el
principio...

Hace muchísimos millones de años, cuando no había cielo ni tierra ni dioses que poblaran el universo, sólo había movimiento y confusión. Pero he aquí que, en medio del caos y las tinieblas, un dios se formó a sí mismo por voluntad propia. Este dios quiso llamarse Ometéotl, pues *ome*, en náhuatl, significa "dos".

Ometéotl poseía todas las sustancias cósmicas necesarias para la labor creadora: el fuego y el agua, lo blanco y lo negro, el espíritu y la materia, lo masculino y lo femenino.

Este dios vivía en la parte más alta del mundo, en donde el aire era muy frío y no se distinguía la luz de las penumbras. Desde ahí, Ometéotl podía ordenar y nombrar a la Naturaleza, dar la vida y destruirla.

Ometéotl fue el primer dios de los mexicas y controlaba tanto la vida como la muerte.

Para denominarlo, los mexicas usaban la expresión *In Tloque in Nahuaque*, que significa "aquel que está en todas partes".

Ometéotl era invisible como la noche e impalpable como el aire.

La pareja
creadora

Ometéotl ordenó el universo en dos reinos: Omeyocan, en donde se genera la vida, y el Mictlán, que es el reino de la muerte.

En el reino de la vida, Ometéotl se transformó en una pareja creadora: Ometecutli y Omecíhuatl.

Un día, Ometecutli invitó a su esposa a viajar en el lomo de una serpiente gigantesca. Mientras viajaban, Omecíhuatl empezó a tocar todo lo que se movía a su alrededor en la oscuridad. Todo lo que tocaba se llenaba de luz y quedaba radiante, como si hubiese guardado todo aquel brillo para hacerlo resplandecer justo en ese momento. Así fue como el firmamento se llenó de luces (las *citlali*) y se formaron las constelaciones.

De esta pareja inicial nacieron además cuatro hijos:

Xipe Tótec, de color rojo,
nació mirando hacia el Este.

Tezcatlipoca, de color
negro, nació mirando ha-
cia el Norte.

Quetzalcóatl,
de color blanco,
nació mirando
hacia el Oeste.

Huitzilopochtli, de color azul, nació mirando
hacia el Sur.

Después de nacer, los cuatro hermanos se
separaron y flotaron como espíritus durante muchos años.

Un día, Quetzalcóatl y Tezcatlipoca, que peleaban bastante entre sí, vieron una especie de monstruo femenino que gritaba pidiendo comida. El monstruo tenía bocas en las muñecas, en los codos, en los tobillos y en las rodillas.

Los hermanos tomaron a la bestia y la arrastraron hacia abajo para deshacerse de ella. Pero abajo del cielo sólo había agua. Cuando vieron que flotaba, se transformaron en serpientes. Jalaron al monstruo de manos y pies y lo estiraron en todas direcciones. Como el jaloneo fue tan fuerte, la bestia se partió en tres pedazos.

—Mira lo que hemos hecho —dijo Quetzalcóatl.

Xipe Tótec y Huitzilopochtli llegaron para ver qué había sucedido.

—Vamos a formar el cielo con una parte, la tierra firme con otra y el inframundo con la tercera –dijo Huitzilopochtli–. Así podré beber agua cuando llueva y comer cuerpos cuando algo muera. Sus bocas siempre están abriéndose y cerrándose, pero nunca se llenan.

Después de eso, los dioses se orientaron hacia los puntos cardinales.

A Tezcatlipoca Negro le correspondió gobernar el rumbo de la muerte; Huitzilopochtli presidió el rumbo de la vida; Xipe Tótec gobernó el Este, que es por donde sale el Sol; y Quetzalcóatl se quedó con el rumbo de la experiencia, la sabiduría y la vejez.

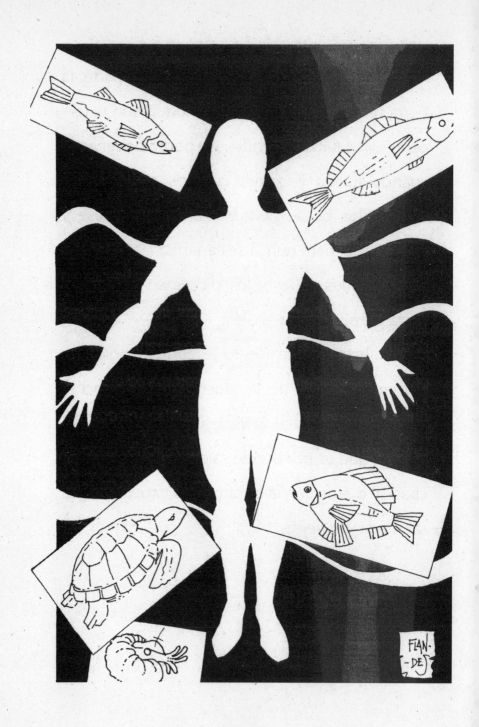

Los primeros hombres

Un día, los cuatro dioses hermanos se reunieron para acordar cómo llenarían el gran vacío en el que estaba el universo. Tezcatlipoca había logrado crear el fuego, así que dijo:

—Yo debería ser el primer Sol.

Pero Tezcatlipoca era tan moreno como una sombra.

Cuando se elevó al cielo, los hermanos lo miraron y dijeron:

—Bueno, de todas formas alguien tenía que ser el Sol.

Y se dieron a la tarea de crear el primer pueblo.

Pero las personas que crearon eran gigantescas y sólo podían comer los frutos que arrancaban de las ramas más altas de los árboles. Eran torpes y se caían con tal frecuencia, que en lugar de decirse "buenos días", su saludo era "no te caigas", pues si alguno se caía ya no era capaz de levantarse de nuevo.

Lo peor del caso es que la luz de Tezcatlipoca duraba sólo medio día y no calentaba. A Quetzalcóatl no le agradaba, así que de un bastonazo hizo caer a su hermano de cabeza en el agua. Tezcatlipoca, lleno de furia, salió convertido en jaguar y devoró a todos los gigantes. Habían pasado 13 veces 52 años.

Entonces Quetzalcóatl tomó su lugar y se convirtió en el astro solar llamado Sol de Viento. Durante su reinado, se encargó de generar el levantamiento de vapores, la formación y el desplazamiento de nubes por el cielo y la caída de la lluvia. Bajo este Sol ha-

bía personas, pero sólo comían piñones. Un año tras otro, siempre piñones, hasta que Tezcatlipoca corrió por el cielo y golpeó al Sol de Viento. Éste, al caer, levantó grandes remolinos y huracanes, de modo que las personas, para sobrevivir, pidieron ser transformadas en monos.

El Tercer Sol tocó al espíritu de la lluvia. Había seres humanos y se mantenían a base de semillas acuáticas. Este sol tampoco funcionó y, un día, Quetzalcóatl lo destruyó al arrojar una lluvia de fuego y piedras calientes que abrasaron la Tierra. Y cuando el fuego se extinguió, las personas ennegrecidas corrieron sobre los campos en forma de pavos.

La era del Cuarto Sol estuvo gobernada por la esposa del espíritu de la lluvia. El verdadero maíz no había sido descubierto y llovía todo el tiempo. Llovió tanto que los humanos se convirtieron en peces. Además, como el diluvio provocó que el agua llegara por encima de las montañas, hubo que empujar el cielo hacia arriba. ¿Sabes cómo lo hicieron los dioses? Se convirtieron en grandes árboles. Son los sauces que perduran hasta nuestros días.

Los **nuevos**
hombres

El gran dios Ometéotl, "aquel que está en todas partes", continuó su labor creadora y puso
diversos espíritus divinos a vagar por la Tierra.
También en el reino de los muertos puso un par
de dioses (¿o eran él mismo otra vez dividido?) y
los llamó "Señor y señora del Mictlán".

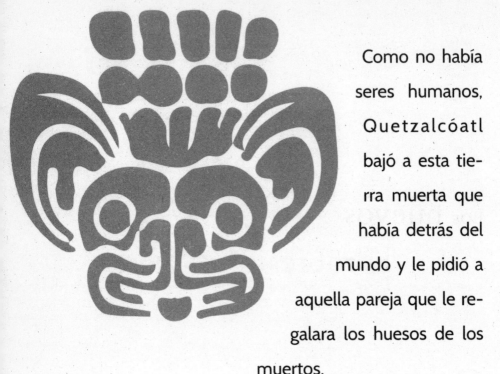

Como no había seres humanos, Quetzalcóatl bajó a esta tierra muerta que había detrás del mundo y le pidió a aquella pareja que le regalara los huesos de los muertos.

–¿Para qué los quieres? –preguntaron los espíritus, que no deseaban compartir sus huesos.

–Ya no quedan seres humanos y crearé nuevos con las cenizas de los viejos.

—Toma mi trompeta —respondió el señor del reino de los muertos—. Tendrás los huesos si tocas algo que me guste.

El problema es que la trompeta estaba hueca.

Quetzalcóatl se dio cuenta del engaño y llamó a unos gusanos que vivían por ahí. Les pidió que agujerearan la trompeta, y luego las moscas zumbaron en el interior.

A los dioses del Mictlán les gustó la música de Quetzalcóatl, pero no tanto como para regalar sus preciados huesos de manera eterna.

–Son tuyos –le dijeron–. Llévatelos, pero no para siempre. Al cabo de un tiempo habrá que devolverlos.

El gran dios Quetzalcóatl se sintió muy triste al pensar que los seres humanos tenían que morir algún día y devolver sus huesos, pero eso era algo que no podía cambiar.

Entonces tomó los huesos y los puso en una vasija. Enseguida los machacó hasta pulverizarlos y derramó algunas gotas de su sangre.

—He sangrado por ellos —dijo Quetzalcóatl— y ellos sangrarán por sus dioses.

Así nació la idea del sacrificio.

El Quinto Sol

Muchos espíritus se pusieron contentos de que por fin hubiera personas. Entre los más alegres se hallaba Nanahuatzin, un dios que tenía ampollas y llagas por todas partes; era pequeño y modesto, pero conocía el verdadero maíz y lo tenía en una cueva para que no se lo comieran todo las hormigas.

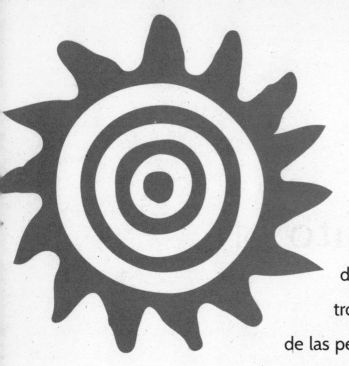

Nanahuatzin pensó que era bueno compartir este maíz con los humanos, pero la lluvia dijo que ella controlaría el hambre de las personas y sólo repartiría pocos granos al año.

En esta discusión con la lluvia se encontraba Nanahuatzin cuando escuchó a los demás espíritus preguntarse:

–¿Quién será el nuevo sol?

Estaban todos alrededor del gran fuego e invitaban a Tecucistécatl a que se arrojase para ser el elegido.

El proble-
ma es que Te-
cucistécatl no
quería que-
marse su bello
rostro, y fingía
que se aventa-
ría, pero con la ra-
pidez de un caracol.

Nanahuatzin quiso darle
una lección al dios vanidoso, por lo que, sin pen-
sarlo mucho, o quizá para demostrar su valía, se
arrojó al fuego y se convirtió de inmediato en
nuestro Quinto Sol. Tecucistécatl, avergonzado,
se arrojó segundos después y se convirtió en la
Luna.

MÁS DE CUATRO MIL AÑOS DE HISTORIA

Gracias a restos encontrados, podemos suponer algo de la vida de los primeros pobladores del mundo. Sabemos que conocían el fuego y fabricaban implementos sencillos de piedra, que les servían para confeccionar objetos con pieles y huesos de los animales que cazaban. También sabemos que se organizaban en pequeños grupos para moverse en busca de alimentos, que

provenían de la recolec-
ción de frutos silvestres,
de la pesca y de la caza
de animales.

Cuando los dioses
entregaron el maíz a los
primeros seres humanos,
hubo un gran cambio en la
forma de vida de la población, pues surgió el se-
dentarismo; es decir, el establecimiento fijo de
comunidades en un lugar determinado.

El pueblo del jaguar

Las grandes culturas, de las que nos sentimos orgullosos los mexicanos, surgieron a partir de este cambio. Y ya que hablaremos de los mitos mexicas y mayas, es preciso que sepas que existió una cultura anterior a ellos llamada olmeca, a la que se considera la cultura madre.

A los olmecas se les conocía como el pueblo del jaguar porque le rendían culto a este felino,

que seguramente abunda-
ba en las tierras húmedas
y pantanosas de Tabasco y
Veracruz.

El jaguar era "el co-
razón de la montaña", el
señor de la tierra salvaje
y los bosques oscuros, de
las fuentes, cuevas y cavernas llenas de agua, del
mundo nocturno y subterráneo.

Por las manchas de su pelambre, los olmecas lo consideraban un representante del cielo
estrellado; además, cuando había eclipses, se
decía que el jaguar era la oscuridad que devoraba
al sol.

Los olmecas transmitieron a otras culturas
esta adoración al jaguar. Admiraban su fuerza y

belleza, pero temían su rugido que recordaba al ruido que producen los terremotos. Los olmecas trazaron una ciudad muy importante llamada La Venta, con gran precisión simétrica Norte-Sur. En esta ciudad lograron transportar y distribuir el agua, rindieron culto a sus muertos, jugaron pelota para adorar a los dioses y escribieron palabras en un sistema de escritura llamado *vírgula*. También esculpieron cabezas colosales, como muestra de su gran poderío. Algunos de los rasgos más importantes en estas piezas son la mirada severa, la boca ligeramente chueca y las garras de jaguar sobre la frente, lo que indica que el personaje vestía la piel de este animal como símbolo de su rango.

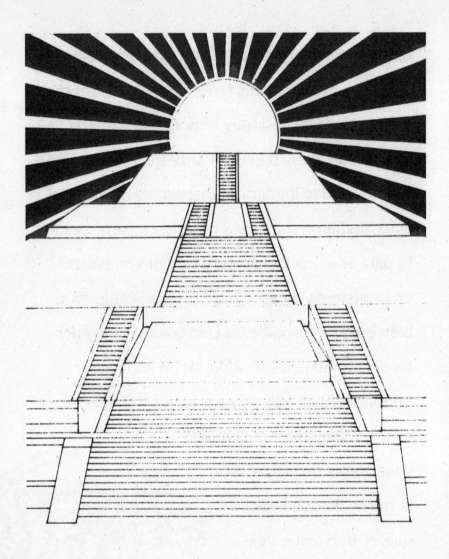

La ciudad
de los dioses

Se dice que, cuando aún era de noche, las personas que tenían por sol a Nanahuatzin escucharon un terrible rugido proveniente de la tierra, y vieron cómo del cielo comenzaba a llover fuego y ceniza.

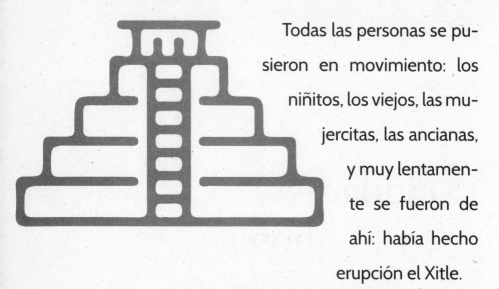

Todas las personas se pusieron en movimiento: los niñitos, los viejos, las mujercitas, las ancianas, y muy lentamente se fueron de ahí: había hecho erupción el Xitle.

Para recordar esto, las personas hicieron figuras en forma de un dios viejo y encorvado con un brasero sobre la espalda al que llamaron Huehuetéotl (una manifestación del "Señor de la dualidad", como síntoma de calor y vida... pero también destrucción).

Como sus casas estaban destruidas, los hombres marcharon a fundar una nueva ciudad. A esta

ciudad la llamaron Teotihuacan, y fue la mayor metrópoli
de toda Mesoamérica.

En ese valle maravilloso,
los teotihuacanos encontraron de todo: distintos tipos de
rocas, como tezontle, basalto y
obsidiana, que ellos mismos tra-
bajaron para representar aquello que los rodeaba:
perros, lobos, coyotes, pumas, jaguares, venados, monos, liebres, armadillos, patos, palomas,
garzas, guajolotes, tortugas, serpientes, conchas y
caracoles; incluso, insectos como mariposas, libé-
lulas y arañas.

También encontraron diversas plantas como el maguey, la calabaza, el frijol, el chile y el jitomate, que completaron su alimentación a base de maíz.

La ciudad de Teotihuacan se planeó en torno a dos ejes a partir de los cuales se distribuyeron pirámides, templos y casas. A sus avenidas les pusieron nombres misteriosos como la "Calzada de los muertos", que termina en la Pirámide de la Luna.

También había grandes plazas, como la de la Ciudadela, en donde la gente se reunía para asistir a ceremonias y practicar el comercio.

Miles de hombres debieron participar en estas grandes obras públicas bajo el mando de especialistas, pues en cada templo hay símbolos importantes de la adoración de estos hombres a sus dioses, principalmente a Tláloc y a Quetzal-cóatl.

Tláloc fue un dios puesto por Tezcatlipoca para cuidar el agua. Su nombre significa "lo que bebe la tierra", es decir, la lluvia. Los teotihuaca-nos pintaban a Tláloc con el rayo en una mano y dos mazorcas de maíz en la otra, precipitándose hacia la tierra.

Quetzalcóatl, en cambio, era la serpiente emplumada. El símbolo de la materia que aspira a lo espiritual y viceversa: tierra y cielo.

Ciudades
mayas

Aunque los mayas se inspiraron mucho en la cultura olmeca, con el tiempo lograron consolidar un estilo propio como grandes matemáticos, artistas y sacerdotes. Esto nos habla de personas con una gran espiritualidad, surgida detrás de cada observación del cielo y detrás de todos los actos de la vida cotidiana.

Los mayas desarrollaron calendarios y un sistema de escritura muy completo.

Tanto en el territorio de Yucatán como en las tierras de lo que más tarde sería Guatemala y Honduras, las ciudades mayas eran en realidad pequeños reinos y centros culturales, con bellos edificios, palacios, torres y pirámides escalonadas.

El mundo de los mayas comprende tres dimensiones: el plano de la tierra, el plano inferior y el plano celestial. Para ellos, un gran árbol comunicaba los tres planos: sus ramas alcanzaban el

mundo superior, sus raíces
se hundían en el mun-
do inferior y el tron-
co atravesaba
el mundo in-
termedio.

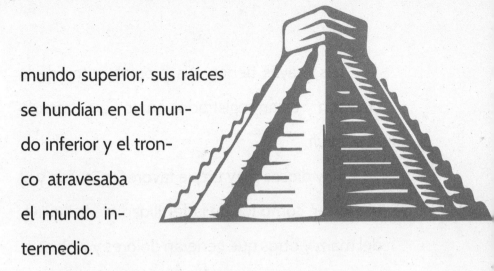

Así, la tierra era un ser vivo. Asemejaba una tortuga que flotaba en un mar inmenso, y cuando los hombres morían, caían por un costado del caparazón e iban al mundo inferior llamado Xibalbá, lugar sombrío en donde se oculta el sol para volver a salir (si las plegarias funcionan) al día siguiente por el Oriente.

Los mayas tienen sus propios mitos de la creación y están registrados en un libro llamado *Popol Vuh*.

Hay dioses mayas que favorecen la vida y el bienestar, como los de la fertilidad, de la lluvia y del maíz; y otros que generan dolores y violencia, guerras y malas cosechas. Sin embargo, un mismo dios puede hacer el bien y el mal al mismo tiempo. Por ejemplo, Chac, el dios de la lluvia, es símbolo de la fertilidad, pero puede provocar inundaciones y granizo.

Las ciudades mayas estaban consagradas a los dioses y son realmente hermosas y coloridas; comunicadas por largos caminos hechos de piedra blanca. Algunas paredes de los templos están adornadas con pequeñas incrustaciones de piedras semipreciosas y pinturas sumamente descriptivas llamadas murales.

Entre las ciudades mayas más sobresalientes están Tulum, a orillas del mar Caribe; Palenque, construida en plena selva; Chichén Itzá, que cuenta con uno de los más grandes observatorios mayas y una pirámide en donde se refleja el movimiento del sol en primavera; Bonampak, que significa "muros pintados", y Uxmal, rodeada por cuevas o cenotes por donde corre el agua subterránea. Cada una de estas ciudades fue un importante señorío.

La fundación de Tenochtitlan

Para entender un poco por qué surgieron diversos grupos como los zapotecos en Monte Albán, los totonacas en el Tajín, en Veracruz; y los toltecas en Tula, hay que considerar que hubo gran intercambio cultural entre las ciudades prehispánicas.

Sin embargo, muchos de estos grupos permanecen como enigmas para nosotros, pues poco se sabe qué fue de ellos; se ignora la razón por la que sus ciudades fueron abandonadas y destruidas, o por qué los toltecas construyeron unas gigantescas estatuas de piedra conocidas como "atlantes". Lo que sí se sabe de todos ellos es que fueron guerreros altamente respetados por otro grupo que apareció con el nombre de mexicas.

La historia de los mexicas comienza en Aztlán o "lugar de las garzas". Por haber partido de ese lugar también se les conoce como aztecas.

Los mexicas eran seminómadas; es decir, andaban de un lado a otro sin encontrar su verdadero lugar y estaban cansados de que otros pueblos los mandaran y les hicieran comer serpientes o los obligaran a trabajar como esclavos.

Un día, Huitzilopochtli apareció para consolarlos con la certeza de que muy pronto encontrarían la tierra prometida donde serían amos y señores, donde ya no tendrían que ser esclavos ni pagar tributo, y serían ellos quienes recibirían los frutos de los largos años de espera y peregrinar.

—Lleguen a un lago y busquen entre los carrizales a un águila posada en un nopal, que esté devorando a una serpiente —les indicó el dios.

Los mexicas llegaron a Texcoco y descubrieron nada menos que el nido de un águila, lleno
de plumas y huesos de diversas aves. Cuando el
águila vio que la observaban, inclinó la cabeza y
dejó ver a la serpiente que estaba devorando. El
nopal sobre el que se hallaba parada tenía tunas
de un intenso color rojo,
y los mexicas
comprendieron
que era un fru-
to sagrado que
representaría,
en adelante, a
sus corazones.

–Al fin hemos sido recompensados por los dioses –dijeron los aztecas–. Aquí estará nuestra ciudad y la llamaremos Tenochtitlan: "el lugar que tiene muchas tunas rojas".

Tenochtitlan fue en verdad una hermosa ciudad. La gente viajaba en canoas o sembraba encima de chinampas, que eran trozos de tierra muy fértiles por estar colocados sobre el agua.

Hicieron para Huitzilopochtli un gran templo de maderas muy finas decorado con pinturas de colores. También fundaron un mercado en donde vendían animales, conchas, caracoles, huesos, plumas, tejidos de algodón, verduras y frutas, miel, cacao, tortillas, pescado fresco, plantas, cerámicas y gran variedad de piedras preciosas.

Moctezuma fue uno de los primeros gobernantes de la gran Tenochtitlan. Él le dio importancia a la danza, a la música y a la poesía, pero lo que más hizo poderosos a los tenochcas (mexicas o aztecas, es lo mismo) fue su capacidad de asimilar otras culturas y convertirse en grandes guerreros.

DIOSES Y HÉROES

Quetzalcóatl

La creación había terminado y tanto dioses como personas vivían en paz en el universo, ejecutando cada quien las tareas que se les encomendó. Todos estaban alegres menos Quetzalcóatl, quien veía que a los humanos se les trataba como mascotas.

—¿Te pasa algo, querido hermano? —preguntó Huitzilopochtli.

Quetzalcóatl, quien para entonces ya era llamado "la serpiente emplumada" (por su carácter divino, que
tiende con sus plumas a alcanzar el
cielo, y su pasión por lo terrestre, que
guarda la sabiduría de la vida constan-
temente renovada, como las serpientes),
salió de sus cavilaciones y respondió:

—Observo a la humanidad y
veo que está contenta con lo que
le hemos dado, pero sigue en la oscuridad, sin conocimientos, despojada por completo del espíritu creativo que a nosotros nos
caracteriza.

—Ten cuidado —respondió Huitzilopochtli—,
porque si piensas darle el conocimiento de los

dioses, nuestros otros hermanos, Tezcatlipoca y Xipe Tótec, no estarán de acuerdo.

–Lo sé, pero de todas formas bajaré y viviré con las personas hasta enseñarles una mejor forma de vida –dijo Quetzalcóatl–. No importa si debo renunciar a mi divinidad.

Así pues, Quetzalcóatl bajó a vivir con los humanos y pronto sintió el acoso del hambre y el frío. Continuó su camino y enseguida llegó a Tula. Ahí los pobladores se disponían a sacrificar a una mujer en honor a Tezcatlipoca.

–¡Alto! –les gritó, y su voz era fuerte, como la de todos los vientos–. Los sacrificios humanos no los sacarán de esta barbarie.

Al decir esto, liberó a la joven a quien un sacerdote le iba a arrancar el corazón para ofrecérselo al dios negro.

Tras ver lo anterior, Tezcatlipoca envió una fuerte tormenta que asustó a todos.

—¿Qué has hecho? —dijo el sacerdote—. ¿Ahora cómo vamos a detener la ira de la noche?

—No se preocupen —respondió Quetzalcóatl.

Después levantó las manos y comenzaron a soplar vientos furiosos que se llevaron las nubes de tormenta.

Los toltecas festejaron felices y él les prometió que les enseñaría a sembrar nuevas semillas; les diría cómo preparar bebida de chocolate y nada les sería difícil: ni obtener gemas maravillosas para tallarlas, ni construir templos, ni hacer hermosos penachos con plumas de aves.

Quetzalcóatl no buscaba nada para sí. Vivía humildemente en un *xacal* y era severo con las costumbres, pues decía que sólo así se fortalecería el alma.

Tula creció muchísimo. La gente de otros pueblos acudía al sitio a comprar algodón teñido, cacahuates y hermosas obsidianas pulidas. En lu-

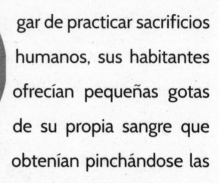

gar de practicar sacrificios humanos, sus habitantes ofrecían pequeñas gotas de su propia sangre que obtenían pinchándose las orejas. No hubo una ciudad más grande, limpia y sagrada que Tula.

Pero Tezcatlipoca no estaba contento e ideó un plan para arruinar los planes de su hermano. Un día se presentó ante él disfrazado de anciano.

–Señor de Tula, amo del conocimiento –le dijo–. Permíteme ofrecerte este humilde regalo que yo mismo he elaborado. Te traigo una bebida hecha de maguey, que es exquisita. Hasta ahora nadie la ha probado.

Quetzalcóatl bebió del líquido blanco hasta la última gota. Luego, preguntó maravillado:

–¿Cómo se llama esta deliciosa bebida que me has traído?

–Se llama pulque.

Esa noche, bajo los influjos del pulque, Quetzalcóatl perdió el control de sí mismo. Se tornó vulgar y violento, y persiguió a las mujeres como un hombre que no controla sus instintos.

Al día siguiente, se vio a sí mismo con repugnancia.

–Estoy avergonzado y no me siento digno de Tula. Me iré lejos para reflexionar sobre mis pecados.

La gente le rogó que se quedara, pero la decisión de Quetzalcóatl ya estaba tomada.

Un grupo de hombres lo acompañó a la costa, y Quetzalcóatl, en una barca, desapareció por el Oriente.

Algunos dicen que él mismo se prendió fuego y su corazón se elevó a lo más alto del cielo para convertirse en Venus, la estrella que brilla en el alba.

Huitzilopochtli

Coatlicue era una diosa muy importante. Y era una parte del mismo dios Ometéotl, origen de todas las fuerzas cósmicas y responsable de la acción divina que las ordena y guía.

Coatlicue disponía de la vida y de la muerte de los seres y fue madre de muchos, pero muchos dioses.

Diariamente, Coatlicue barría el monte Coatepec; un día, al hacerlo, levantó una pequeña pluma que le pareció muy linda, de modo que la colocó en su seno.

Al terminar de barrer, la pluma ya no estaba ahí.

Sin darle mayor importancia, Coatlicue fue a buscar a sus 400 hijos y a su hija Coyolxauhqui, "la que tiene cascabeles pintados en las mejillas"; ya reunidos, les habló de la importancia de tener cabeza, corazón y manos para actuar.

No sabemos cómo es que los hijos notaron algo raro en la madre, el caso es que supieron que, después del incidente de la pluma, Coatlicue estaba embarazada.

Coyolxauqui se mostraba muy celosa, así que reunió a sus hermanos y les dijo:

—Tenemos que matar a nuestra madre. Es una vergüenza que haya quedado embarazada.

Coatlicue se asustó, pero el niño que llevaba en su interior, que no era otro sino Huitzilopochtli, la consoló diciéndole:

—No temas, yo sé lo que tengo que hacer.

Entonces los 400 hijos, dirigidos por Coyolxauqui, se pusieron en movimiento para acabar con la madre. Se vistieron como guerreros y se hicieron trenzas para que no les estorbara el cabello.

Sólo uno de los hermanos estaba en desacuerdo con matar a Coatlicue. Se llamaba Árbol Erguido, y subió a la montaña para advertir a Huitzilopochtli.

—Ya vienen.

—¿Por dónde, hermano?

—Por el foso de arena.

—¿Por dónde?

—Por la mitad de la montaña.

—¿Por dónde?

—Ya están en la cumbre, ya llegan. Los viene guiando Coyolxauqui.

Y en ese momento nació Huitzilopochtli. En la mano izquierda empuñaba un madero encendido. Tenía la cara embarrada de oro, excremento de los dioses, y portaba una banda con plumas de colibrí que le llegaba de oreja a oreja.

Con el tizón ardiente mató a Coyolxauqui, le cortó la cabeza e hizo rodar el cuerpo montaña abajo hasta que se partió en pedazos. Al resto de sus hermanos les quitó los atavíos guerreros y los dispersó al obligarlos a correr en círculos. Cuando a Huitzilopochtli se le pasó la rabia, se adornó con plumas y cascabeles y les ordenó a sus hermanos que lo veneraran.

A partir de ese día, Huitzilopochtli se convirtió en la fuerza del sol que necesita sangre para vencer a la noche.

Por él, los aztecas organizaron muchas guerras: con el fin de obtener prisioneros para sus ceremonias de sacrificio. Huitzilopochtli se alimenta del corazón, la tuna de las águilas, y, como es el dios de la guerra, transforma en colibrí a los guerreros que mueren en combate.

Por su parte, Coyolxauqui se convirtió en una de las diosas de la tierra y el maíz, pues el territorio en donde cayeron sus pedazos se hizo sumamente fértil.

Tláloc

Después de crear el mundo, los cuatro hermanos (Huitzilopochtli, Tezcatlipoca, Quetzalcóatl y Xipe Tótec) decidieron organizarlo y poner dioses en cada rincón. Así, para ordenar las aguas, crearon a Tláloc y le encargaron fecundar la tierra con la lluvia.

La casa de Tláloc era muy amplia. Tenía un gran patio con cuatro estanques llenos de diversas clases de fluidos acuosos: agua buena para los panes y las semillas, agua oscura que marchita las plantas, agua que las hiela y agua que las pudre. Cada estanque lo custodiaban los ayudantes de Tláloc, que eran enanos.

El dios exigía que vaciaran los cántaros comó él lo deseaba pero, a veces, a los hombrecitos se les resbalaban y los pedazos caían en forma de rayos.

El dios de la lluvia era muy apuesto. Usaba una diadema de plumas blancas y verdes, sos-

tenidas con un accesorio en forma de escudo hecho de oro y adornado con dos plumas de quetzal. Su largo cabello le caía por la espalda. A veces se untaba la cara con *ulli*, una pintura negra que usaba para representar una tormenta, o se ponía una máscara con ojos de jade.

Pero estaba solo.

Un día, el dios salió a pasear y conoció a Xochiquetzal, la diosa de las flores y patrona de los tejedores de plumas. Llevaba el cabello cortado sobre la frente y una falda azul con flores bordadas de todos colores. Se

casó con ella y se la llevó a su casa.

Pero Tezcatlipoca no consintió esta unión y le arrebató a Xochiquetzal durante una guerra.

–Dejaré de enviar lluvia –dijo Tláloc, enfurecido–. Que todos los seres vivos sufran como yo.

Los enanos vieron que eso era malo y pidieron al dios que enviara lluvia.

–De acuerdo –dijo Tláloc–.

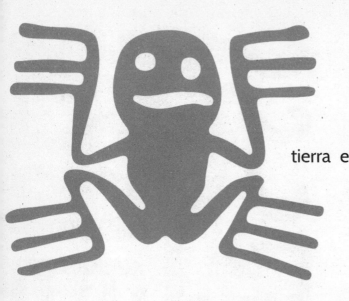

No paró de llover.

Entonces la tierra entera se inundó con la furia del dios, y las personas de todos los poblados enfermaron de lepra y otras pestes.

Al ver la catástrofe, los dioses decidieron conseguirle otra esposa a Tláloc y mandaron a Chalchiutlicue, la de la falda de jades.

Ella se le presentó como una misteriosa niebla y sopló hacia el dios una brisa de consuelo. Entonces, Tláloc le dijo:

—Tú serás la "representante del agua triste" de lagos, lagunas y riachuelos, que servirán de consuelo a los humanos.

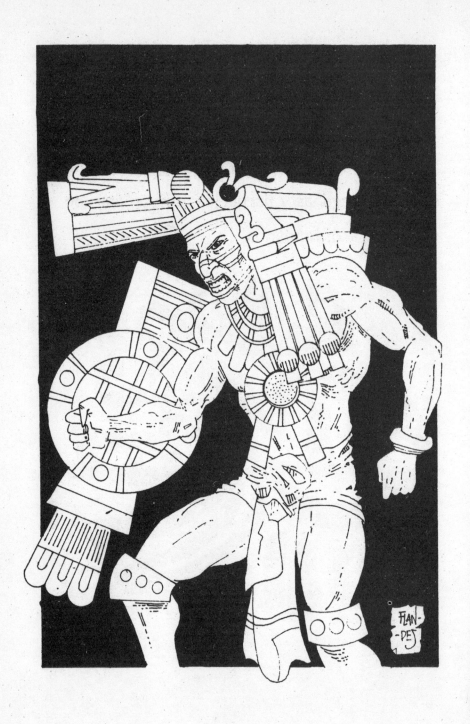

Tezcatlipoca

No sabemos si su mal carácter se debía a que este dios había nacido deforme de un pie y eso le causaba dolores, o si se le agrió el carácter al no habérsele permitido ser el sol. El caso es que Tezcatlipoca negro era un dios más temido que amado.

Los hombres sabían que a esta deidad le encantaba el misterio, el mundo de la ilusión y del engaño. Por eso se le conocía como el dios de la noche y de todo lo relacionado con ella.

Aunque tenía un pie torcido, Tezcatlipoca siempre era el que llegaba primero, pues había logrado ser eternamente joven mediante algunos trucos. Por esa razón, muchos curanderos lo invocaban para sanar algunas enfermedades y "engañar a la muerte".

Sin embargo, su color simbólico, el negro, lo relacionaba con todos los momentos difíciles de los humanos: epidemias, guerras y enemistades.

Tezcatlipoca podía hacerse invisible y, a veces, vagaba por las noches para golpear con su hacha a quienes se cruzaran por su camino. Para protegerse, las personas construían asientos de piedra que se colocaban en las esquinas de las calles y en las encrucijadas. Los comercian-

tes lo veneraban, pues este dios tenía la facultad de perder a los caminantes y de llevarlos por rutas equivocadas. Los ladrones también lo invocaban para que los ocultara en la noche.

En ocasiones, Tezcatlipoca usaba un lenguaje muy atractivo, como el de un joven elegante, pero a la vez hipócrita. Otras veces aparecía convertido en búho y anunciaba la muerte de un modo siniestro. Era tan ladino que incluso se engañaba a sí mismo con el espejo que tenía en lugar de pie.

El humo, la niebla y la sombra eran sus compañeros. Pero hay algo de sabio en este dios negro, pues ilustra la condición del hombre obligado al trabajo y víctima de sus propias pasiones, ilusiones y esperanzas y, sobre todo, con su conciencia de ser siempre una criatura amenazada por peligros mortales.

A Tezcatlipoca se le saludaba con una flauta hacia los cuatro puntos cardinales. Los cráneos de quienes morían por él se colocaban en el *tzompantli*.

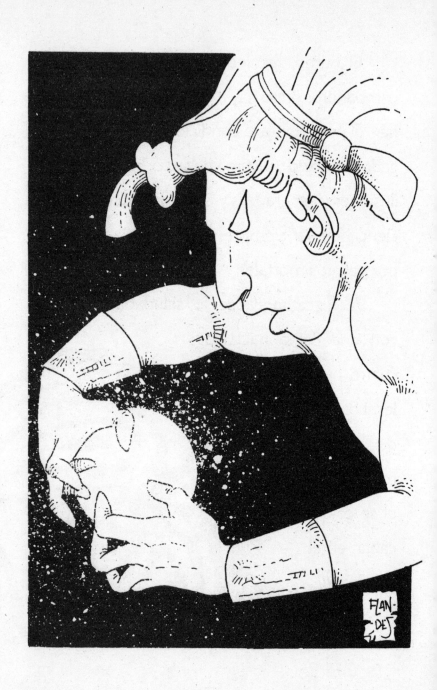

Dioses mayas

Muchas historias provenientes de los mayas llegaron a nosotros a través de códices, que fueron los primeros libros prehispánicos elaborados con corteza de árbol amate o *kopo*, una especie de higuera que a los mayas les servía como papel para plasmar relatos de todos los tiempos.

Estos relatos se transmitieron oralmente a través de muchas generaciones, hasta que alguien logró escribirlos. Por eso, en los códices mayas hay dioses que se asemejan a los de los aztecas, y otros ya tienen influencia de la llegada de los españoles.

El mito de la creación de los mayas también cuenta la existencia de un dios principal llamado Itzam Na, "el Único". Tenía varios aspectos: daba la vida pero podía quitarla, y podía nombrarse de muchas maneras y transformarse en diferentes dioses; por eso, el *Popol Vuh* de los quichés o mayas de Guatemala cuenta que los progenitores en realidad se llamaban Tepeu y Gucumatz, pero es posible que ambos hayan sido parte del mismo Itzam Na.

Así pues, una noche en que la pareja conversaba, Tepeu dijo:

—¡Hágase así! ¡Que se llene el vacío! ¡Que esta agua se retire y desocupe el espacio, que surja la tierra y que se afirme!

—No habrá gloria ni grandeza en nuestra creación y formación hasta que exista la criatura humana, el hombre formado.

Los mayas pensaban que hubo tres mundos antes de éste. El primero estuvo habitado por enanos de lodo, que, se cree, fueron los

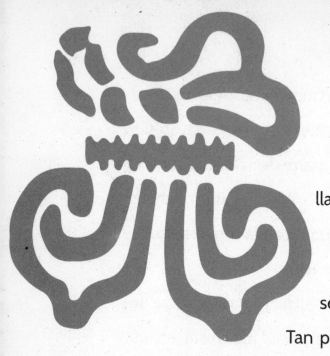

constructores de las grandes ciudades que ahora se hallan en ruinas. Su obra se hizo en la oscuridad, pues aún no se había creado el sol. Tan pronto como el astro salió por primera ocasión, los enanos quedaron convertidos en piedra, y los dioses enviaron un diluvio para limpiar la tierra.

El segundo mundo fue habitado por seres de madera. Procrearon hijos pero no tenían alma ni entendimiento, no tenían sangre, ni humedad, ni gordura; fue sólo un intento, así que "el corazón del cielo" envió otro diluvio.

El tercer mundo fue habitado por hombres de carne, que no pensaban ni hablaban con su creador. Y por este motivo se oscureció la faz de la tierra y comenzó a llover sin parar. Los descendientes de estos hombres se convirtieron en monos.

Después de los tres diluvios, nació la humanidad tal como la conocemos. Son las personas que viven en la actualidad, pero los mayas creen que vendrá otro diluvio y destruirá las poblaciones, como hicieron los dioses en el pasado.

Los héroes gemelos

Muchos seres poblaban el universo: había hombres y pájaros, peces y cangrejos; árboles y piedras, culebras y venados. También había muchos dioses y algunos eran buenos y otros vanidosos. Entre estos últimos se hallaba Vucub, cuya única ambición era engrandecerse y dominar. Por eso decía que él era el sol y la luna.

—No está bien que esto sea así —dijo Hunah-pú a su hermano gemelo—. Vamos a tirarle con una cerbatana cuando esté comiendo; lo golpea-remos y le causaremos una enfermedad. Enton-ces se acabarán sus riquezas y sus piedras verdes de las que tanto se enorgullece.

—Así será —respondió Ixbalanqué, echándose su cerbatana al hombro.

Hunahpú impactó a Vucub precisamente en la quijada. El dios perdió todos los dientes y lue-go murió.

Otro día, el hijo de Vucub, quien también era soberbio, se estaba bañando a la orilla de un río.

—¿Qué haces, Zipacná? —le preguntaron los gemelos.

—Sólo busco mi comida.

–Allá en el fondo del barranco está un gran cangrejo, sólo que nos mordió cuando lo quisimos agarrar.

–A mí nada me hará –respondió el muchacho, con tono presumido.

Entonces se empinó por el barranco y provocó que muchas piedras se soltaran y lo tiraran al fondo. Zipacná nunca más volvió.

Los gemelos no tenían padres. Sus papás habían sido sacrificados al terminar el juego de pelota, y enviados al inframundo (*Xibalbá*).

El papá, antes de ser decapitado, alcanzó a escupir en la mano de una de las hijas de los dioses de la muerte, y de ese modo la embarazó. La muchacha huyó a la tierra para no ser castigada y dio a luz a los gemelos en casa de la abuela de

éstos. Por eso nuestros héroes poseían naturaleza divina.

Hunahpú e Ixbalanqué pronto se hicieron expertos jugadores de pelota. Sus adversarios los sometieron a toda una serie de competencias durante el día y a difíciles pruebas por la noche, pero los gemelos burlaban siempre a los dioses de la muerte.

–Quiero visitar el inframundo, porque estos dioses nos hacen trabajar en demasía –dijo Hunahpú–. Hay que sacrificarnos uno al otro para que crean que hemos muerto.

Los dioses de la muerte vieron cómo los hermanos se quitaron la vida en una hoguera y arrojaron sus cenizas a un río. Pero luego renacieron en el mismo sitio y tiempo después volvieron a Xibalbá.

–Les enseñaremos un truco para no morir –dijo Xbalanqué–. Yo decapitaré a mi hermano y luego le haré volver a la vida.

Al ver esto, los dioses de la muerte quedaron muy asombrados y pidieron a los gemelos que practicaran el truco con ellos. Lo hicieron, por supuesto, y decapitaron a los dioses de la muerte, pero luego no les devolvieron la vida. Desde entonces, los renacidos héroes gemelos pasaron a ser los primeros cuerpos celestes: el sol y la luna, destinados a repetir para siempre su bajada a Xibalbá a cada atardecer y su escape cada amanecer.

Este mito es realmente una metáfora de la vida después de la muerte, y la importancia del autosacrificio para poder renacer.

VIDA DIARIA

Sac-Nicté

Los mayas estaban dispersos en distintos señoríos, cada uno gobernado por un cacique diferente.

Un día, Kukulcán, quien más tarde sería comparado con Quetzalcóatl, decidió organizar los señoríos para ayudarse mutuamente y resolver en paz y armonía todos los problemas que surgieran.

Se dice que Kukulcán vino del Suroeste, por el rumbo de Champotón, acompañado por un numeroso séquito. Vestía como un rey, llevaba sandalias, usaba barba y predicaba lo bueno que era crear ídolos de piedra, barro y madera. Casualmente, Kukulcán en maya significa "serpiente emplumada" o "ave serpiente", por lo que al soberano se le consideró un dios, del mismo modo que a Quetzalcóatl, y se hicieron pirámides en su nombre.

Cuando Kukulcán se marchó de Yucatán surgieron diferencias entre los jefes de la Confederación. La región maya, o el Mayab, se dividió entonces en tres reinos: Chichén Itzá, Uxmal y Mayapán.

Sac-Nicté, cuyo nombre significa "blanca flor", era la princesa de Mayapán. Su padre estaba consciente de su belleza y por eso nunca la dejaba salir sola ni conocer extraños. Pero un día, cuando Sac-Nicté apenas tenía cinco años, una paloma se posó en su hombro y ella le dio de comer maíz, la besó en el pico y la dejó libre.

Esa paloma llegó hasta Canek o "serpiente negra", príncipe de Chichén Itzá, quien entonces tenía solamente siete años. Esa noche el príncipe no durmió, sino que lloró de tristeza porque se había enamorado de la princesa de Mayapán.

Pasó el tiempo y Sac-Nicté cumplió tres veces cinco años. Su padre entonces la llamó y le dijo:

—Te he comprometido con el príncipe Ullil, de Uxmal. Invitaremos a todos los reyes a tu boda.

Sac-Nicté se quedó muy desconcertada con la noticia, pues durante estos años había recibido noticias de las hazañas de Canek y secretamente estaba enamorada de él.

Mientras tanto, los mensajeros de Mayapán y Uxmal salieron rumbo a todas las ciudades para anunciar la boda como un gran acontecimiento. Uno de ellos llegó a darle la noticia a Canek, señor de los itzáes.

Cuando recibió la noticia, un anciano se le acercó.

—La Flor Blanca está esperando entre la hierba fresca. ¿Has de dejar que otro la arranque para él?

En Uxmal se preparaba todo para la fiesta, y durante tres días llegaron invitados de muchas ciudades con bellos regalos para los consortes: traían plumas exóticas, oro y piedras preciosas, animales de todo tipo, vestidos y bandejas con infinidad de alimentos gratos al paladar. Pero el señor de los itzáes no llegó.

Esperaron a Canek durante tres días pero, al ver que no llegaba, decidieron comenzar la ceremonia. Sac-Nicté estaba desolada. De pronto, el rey de los itzáes llegó al frente de sesenta guerreros. Como un relámpago arrebató a Sac-Nicté del templo y, sin que nadie pudiera evitarlo, huyeron.

El padre de Sac-Nicté se alió con el príncipe de Uxmal para ir contra Canek; pero, cuando llegaron a Chichén Itzá, descubrieron que la urbe estaba abandonada.

Los itzáes se instalaron en la isla de Tayasal, salvándose así de los aliados, y nunca más volvieron a su antigua ciudad.

La mujer dormida

Era la época de las Guerras Floridas en Tenochtitlan. Los mexicas adquirían gran poder a costa de ser magníficos guerreros y de someter a sus vecinos. Su dios Huitzilopochtli jamás los abandonaba pero, a cambio, pedía que los soldados cosecharan flores rojas para honrarlo. Y esas flores rojas no eran otra cosa sino los corazones de los prisioneros que atraparan.

Pero, ¡cuántas mujeres no lloraban a diario la partida de estos nobles guerreros! No bastaba con saber que morir era el honorable destino de sus hijos desde el momento en que su padre los arrancara de sus brazos para convertirlos en respetables caballeros águila, a costa de mucho esfuerzo y trabajo en el *Tepochcalli*.

Y es que nadie podía entrar al recinto donde un guerrero se preparaba en fortaleza y virtudes hasta portar la orla del águila, y se le daba por fin su arma de punta de obsidiana, o su macana incrustada con dientes de jabalí, con las palabras: "Te nombro poderoso".

Y poderoso era sin duda Popocatépetl: un apuesto joven que había demostrado su valor en múltiples batallas gracias a su fortaleza física, pero también a su espíritu que nunca flaqueaba.

Iztaccíhuatl lo amaba y era plenamente correspon- dida. Sin embargo, el corazón le decía que la dicha completa no siempre es po- sible y cada vez que su amado salía a la batalla, Iztaccíhuatl se llenaba de pesar.

—Estoy organizando a nuestros hombres para ir a tierras zapotecas en donde hay pueblos que no están pagando tributo a la Gran Tenoch-

titlán. Cuando regrese, nos casaremos –le dijo un día el joven guerrero a la hermosa doncella.

A Iztaccíhuatl le dio un vuelco el corazón con la doble noticia. Su amado se iba, pero regresaría para hacerla su esposa.

Pasó el tiempo y el dios Tezcatlipoca, celoso de ver cómo los grandes guerreros adoraban al dios Huitzilopochtli, y en particular resentido con Popocatépetl por ser más joven y hábil que él, decidió enviar un engaño para separar a la hermosa pareja.

Se aproximó a un mensajero tlaxcalteca, quien era el encargado de llevar a la ciudad detalles sobre la guerra, y le indicó:

—Anunciarás que ha muerto Popocatépetl o morirás asfixiado como ocurrió con los de Tula.

Pronto supo Iztaccíhuatl de la muerte de su amado. No dijo nada, pero cayó enferma de tristeza. Los curanderos comprendieron que nada podían hacer por ella sin la voluntad de Tezcatlipoca, así que le dieron una bebida especial para tranquilizar su espíritu y dormirla.

Cuando Popocatépetl supo del engaño y de que su amada había caído enferma, dispuso regresar de inmediato.

Los soldados entraron como vencedores, excepto Popocatépetl, a quien le latía el corazón lleno de angustia.

Llegó al *xacal* donde dormía su amada y la besó en los labios, pero Iztaccíhuatl no despertaba. Entonces decidió ir a reclamar a los dioses por esa injusticia y la cargó en brazos hasta lo alto de una montaña. Ahí prendió copal para velar su sueño.

Los dioses, conmovidos por la escena, decidieron que el guerrero y la doncella vivieran para siempre y los transformaron: ella tomó la forma de una montaña y él se convirtió en un volcán. Hasta la fecha, el volcán vela por el sueño de su amada y quema copal para honrarla.

El espíritu de las plantas y los animales

Para nuestros antepasados prehispánicos, los dioses tenían una presencia constante en la vida y marcaban cada una de sus actividades cotidianas. Las montañas, los ríos, el cielo, las plantas y los animales también gozaban de su participación en lo divino, y su relación con los seres humanos se comprendía también a través de

mitos. Era algo así como decir que el cacao, el caracol y el ser humano eran hermanos; y todos, a su vez, hijos de la misma luna.

El maíz era muy importante como planta principal en la nutrición y, a través de las distintas etapas de su cultivo, podía rezársele a un dios distinto. Se le invocaba como signo de la abundancia mediante un pacto de ofrenda y sacrificio.

El cacao, en cambio, era la moneda principal; más utilizado que las conchas rojas, las plumas y las cuentas de piedra. Los mercaderes adoptaron al espíritu del cacao como su dios tutelar y se lo encomendaban a la Estrella del Norte para que ésta los guiara y los llevara a salvo en los largos recorridos.

Del maguey se extraía el pulque, el agua-miel, espinas para el autosacrificio, y el *ix-tle*, fibra con la que hacían cuerdas y papel. Su espíritu lo simbolizaba Mayahuel, "diosa de las cuatrocientas tetas", y la tradición para honrarla consistía en derramar un poco de pulque en la casa, antes de beberlo, para luego iniciar el convite.

Con semillas de amaranto, los aztecas elaboraban distintas figuras alusivas a sus dioses. Se trataba de una especie de postre, que hoy conocemos como *alegría*, y que comían para festejar especialmente la llegada de la lluvia.

La mayor parte de la población acostumbraba asearse en tinas, ríos o lagos. Como jabón usaban productos vegetales; entre éstos, unas raíces que producían espuma. Pero el baño de vapor en el *temazcalli* llevaba más lejos la purificación y sanaba enfermedades del alma.

¡Qué maravilla habrá sido visitar el mercado! Ahí compraban y vendían grandes cantidades de plantas, textiles y animales. Y cada uno de estos últimos poseía un significado profundo y espiritual.

El caracol de mar era uno de los símbolos de la luna, a la que a veces podemos ver completa y a veces sólo una parte. Los aztecas lo relacionaban con el viento y lo utilizaban como instrumento musical a manera de trompeta.

Al lagarto se le concebía como un símbolo de lo antiguo: cuando los dioses crearon el mundo, tomaron un lagarto y lo partieron en dos. Su boca representaba la gran caverna o entrada al mundo de los muertos.

La serpiente se relacionaba con la tierra y las fuerzas generadoras del universo y del cambio.

El jaguar representaba el "corazón de la montaña", señor de la tierra salvaje y los bosques oscuros. Por su presencia, su belleza, su fuerza y su nobleza, era el emblema de los linajes gobernantes, además de ser símbolo de una orden militar.

El tlacuache, que carga y protege a sus numerosas crías, representaba la fertilidad de las madres embarazadas.

El puma era el sol de mediodía, la luz y la claridad.

El águila simbolizaba lo grande, lo alto y elevado. Esta ave poderosa que se remonta a grandes alturas significaba la valentía y la bravura, por eso también era representativa de la orden militar de los Caballeros Águila.

No menos importante, el colibrí se asociaba al vigor, a la juventud y a la renovación. El sol se transformaba en colibrí para ir a cortejar a la luna y a las flores, y se decía que había un paraíso a donde iban los guerreros muertos en combate, transformados en este bello pájaro, de igual modo que las mujeres que morían en parto y que se les conocía como *cihuateteo*.

El quetzal designaba el adorno, lo hermoso y altamente apreciado.

El tecolote estaba asociado con la noche y sus poderes, y se creía que su canto pronosticaba el destino. Los hechiceros se hacían llamar "hombres-búho" ya que realizaban encantamientos durante las horas nocturnas.

Finalmente, al murciélago se le consideraba un dios de la muerte y un mensajero de los dioses.

Todas las personas poseían, desde su nacimiento, un doble animal que determinaba su carácter, su resistencia física y su destino. Por cierto, si tú fueras un animal, ¿cuál serías?

EL PASO DEL TIEMPO

Para nuestros antepasados nada había más importante que la luminosidad y el calor del sol y, como te habrás dado cuenta, muchos mitos y dioses mantienen relación con este astro. Sin embargo, detrás de todas estas bellas historias, podemos decir que tanto los mayas como los aztecas fueron investigadores incansables y observadores rigurosos del espacio. Sus conocimientos sobre las estrellas y los ciclos de los movimientos

de todos los astros les permitieron definir el universo, y hacerlo un poco más previsible.

Basándose en sus observaciones astronómicas hicieron complejos cálculos matemáticos respecto del tiempo.

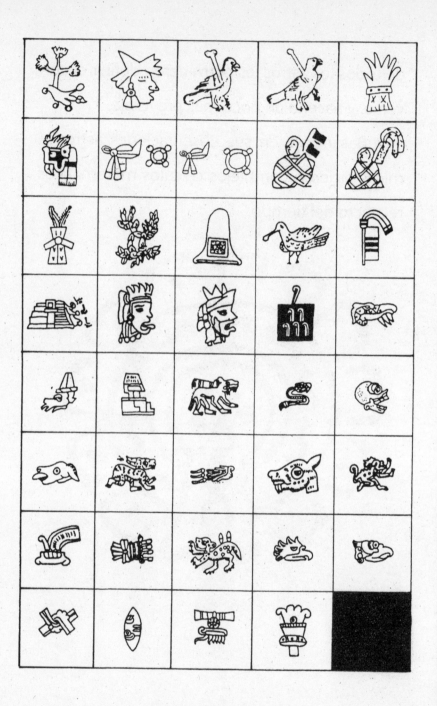

El calendario azteca

Aunque había un calendario lunar, la cuenta de los años para los aztecas se representa en la llamada Piedra del Sol.

En el disco central está labrado Tonatiuh, el sol, sujetando un par de corazones humanos y mostrando su lengua en forma de cuchillo de los

sacrificios. En los cuatro rectángulos que lo rodean se muestra la *Leyenda de los cuatro soles*.

El año civil de los aztecas se componía de 18 meses de 20 días cada uno, con cinco días de inactividad llamados *nemontemi*, o "de mal agüero", ubicados en los últimos días de enero y el primer día de febrero.

También había un día *nemontemi* cada cuatro años, que equivalía al año bisiesto.

Según los mitos aztecas, fue el dios Quetzalcóatl quien enseñó al hombre el calendario, a la vez que la agricultura, las técnicas y las ciencias. Pensar en el calendario es pensar en un conteo de ritos, costumbres y celebraciones marcadas por el paso del tiempo, y por aquello que los afectaba: tiempo de agua y viento, tiempo de las cosechas, tiempo sagrado o de fiesta, tiempo de enfermedades y miserias.

Por esta razón, los aztecas dividían el año en cuatro estaciones, según los equinoccios y solsticios. Los primeros ocurrían cuando los dos polos de la

tierra estaban a igual distancia del Sol (primavera y otoño); y el solsticio acontecía cuando el sol estaba más lejos del ecuador (verano e invierno).

Los aztecas dividieron el día en 16 horas: ocho de trabajo, desde la salida hasta la puesta del sol, y las ocho restantes de descanso.

Cada 52 años había una ceremonia, con una extraordinaria fiesta religiosa, en la que se extinguía el fuego viejo y se prendía uno nuevo. Infinidad de antorchas encendidas partían en dirección a todas las ciudades o poblados para celebrar que el mundo no se hubiera acabado.

El calendario maya

Los mayas también elaboraron dos calendarios: uno lunar y otro solar, compuesto de 18 periodos de 20 días cada uno.

El calendario Tzolkin de 260 días era el que más usaban para regir los tiempos de su quehacer agrícola, su ceremonial religioso y sus costumbres familiares, pues la vida de toda persona estaba predestinada por la fecha de su nacimiento.

Los ma-
yas llevaban
una cuenta
denomina-
da "serie inicial" o
"cuenta larga" de los
días transcurridos des-
de lo que ellos determinaron como el inicio de la
era maya. Si trasladáramos esta fecha a nuestro
modo de contar el tiempo, la era maya habría co-
menzado el 13 de agosto del año 3114 antes de
Cristo.

Los mayas predijeron eclipses y llegaron a
calcular hasta 90 millones de años.

Los días se llamaban *kin*; los meses de 20 días, *unal*; el año, *tun*; 20 tunes hacían un *katun*, y 20 *katunes* (144 000 días) formaban un **bak-tun**. Para los mayas, esto significaba que todo el mundo se destruía cada 5 200 años.

Los calendarios constituían una forma de lenguaje entre las personas y los dioses. Por eso es necesario entender que el tiempo era también parte de la adoración total de nuestros antepasados a sus creadores.

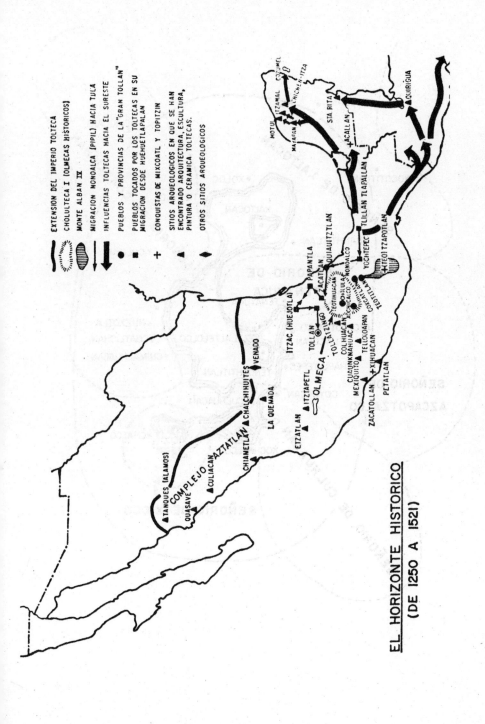

EL HORIZONTE HISTORICO
(DE 1250 A 1521)

EXTENSION DEL IMPERIO TOLTECA

CHOLULTECA I (OLMECAS HISTORICOS)

MONTE ALBAN IX

MIGRACION NONOALCA (PIPIL) HACIA TULA

INFLUENCIAS TOLTECAS HACIA EL SURESTE

PUEBLOS Y PROVINCIAS DE LA "GRAN TOLLAN"

PUEBLOS TOCADOS POR LOS TOLTECAS EN SU
MIGRACION DESDE HUEHUETLAPALLAN

CONQUISTAS DE MIXCOATL Y TOPIZIN

SITIOS ARQUEOLOGICOS EN QUE SE HAN
ENCONTRADO ARQUITECTURA, ESCULTURA,
PINTURA O CERAMICA TOLTECAS.

OTROS SITIOS ARQUEOLOGICOS